DU DÉSARMEMENT DES ARABES,

CONSIDÉRÉ COMME L'UNIQUE MOYEN DE SOUMETTRE,

DE COLONISER,

ET DE CIVILISER L'ALGÉRIE.

PAR M. QUITARD.

ANCIEN MILITAIRE.

PARIS,

CHEZ LAVIGNE, LIBRRAIRE,

RUE DU PAON-SAINT-ANDRÉ, 1.

—

1841.

IMPRIMERIE D'HIPPOLYTE TILLIARD,
rue S.-Hyacinthe-S.-Michel, 30.

AVIS ESSENTIEL.

Parmi les questions qui intéressent à un haut degré l'honneur et la prospérité de la France, la question de l'Algérie est assurément une des plus importantes, et ce n'est pas la moins difficile. Me sera-t-il permis de dire qu'elle n'a pas été toujours comprise par ceux même qui s'en sont le plus occupés? La possession d'Alger nous a coûté beaucoup d'hommes et beaucoup d'argent, et l'on semble avoir presque toujours oublié qu'il faut une compensation à tant de sacrifices. Cette compensation ne peut se trouver que dans la colonisation largement développée et préservée de toutes les éventualités funestes. Là doivent tendre nos efforts les plus constants et les plus soutenus, si l'on veut que l'occupation d'Alger ne reste pas pour la France une charge ruineuse.

De grandes fautes ont été faites. Peut-être est-il encore temps de les réparer. En recherchant les moyens d'opérer la colonisation, j'ai cru reconnaître que le premier de tous, le plus efficace, le plus simple, et précisément le seul dont on ne se soit pas avisé, c'est le désarmement des Arabes. J'en avais eu l'idée à l'époque du traité de la Tafna, et ce fut la conclusion de ce malheureux traité qui m'empêcha de publier mes vues sur ce sujet. En 1839, les circonstances me parurent propres à la réalisation de mon plan, et je l'exposai dans un mémoire que j'adressai au Roi, le 15 décembre. Je ne puis dire comment Sa Majesté l'accueillit, car je n'ai jamais eu l'indiscrétion de chercher à le savoir. Le 31 mars 1840, je pris le parti d'envoyer à MM. les députés le même mémoire, légèrement modifié dans la rédaction seulement. Il devait être déposé sur le bureau de la chambre par M. Auguis, qui m'avait offert sa bienveillante entremise; mais je pensai que si M. Thiers, alors premier ministre, voulait en prendre connaissance préalablement, il pourrait y trouver quelques idées utiles et nouvelles, que sa haute intelligence me paraissait propre à féconder. M. Auguis le lui remit. Plusieurs jours après, j'appris qu'effectivement M. Thiers l'avait lu, et je dus croire que ses vues avaient contracté dans cette lecture une sorte de parenté avec les miennes, quand je l'entendis articuler à la tribune le mot de *désarmement*, qui n'avait été prononcé par personne avant lui. L'attente d'une entrevue avec M. Thiers, entrevue qui m'avait été annoncée par M. Auguis, m'empêcha de recourir à la publicité ; et, dans une intention toute patriotique, je me décidai à laisser au gouvernement l'initiative de mes idées, dans le cas où il en aurait reconnu la justesse et l'opportunité. La question d'Orient surgit tout à coup avec une telle gravité, qu'elle absorba toute l'attention du ministre, et je dus renoncer momentanément à lui demander l'entretien qui m'avait été promis.

Tel a été le triste sort d'un écrit qui, malgré son peu d'étendue, n'en est pas moins le résultat de longues et sérieuses méditations. Ne dirait-on pas que le sujet lui a porté malheur, et qu'on a voulu secrètement le vouer, comme la colonie, à une espèce d'abandon ?

Aujourd'hui que les circonstances ont ramené l'attention publique sur la question de l'Algérie, je crois que le temps est venu de publier mon mémoire, et de faire connaître mes vues, pour lesquelles je puis, sans trop d'amour-propre, réclamer une sorte de priorité.

Je donne ce mémoire tel qu'il fut remis à M. Thiers, qui a dû conserver l'original, et j'y joins quelques développements que je communiquai, dans le même temps, à M. Auguis et à d'autres personnes notables, prêtes à l'attester. Les copies déposées alors entre les mains de ces personnes prouveraient au besoin que je n'ai rien changé à mon travail, et que je me suis fait un scrupule de le reproduire dans son état primitif. Les nombreux matériaux que j'ai recueillis sur la question m'eussent permis de la traiter avec beaucoup plus d'étendue, et il m'eût été facile d'entrer dans des détails dont je dois m'abstenir aujourd'hui ; ces détails viendront plus tard.

Il me suffit pour le moment d'établir que j'ai donné le premier, d'une manière tout à fait désintéressée, l'idée du plan qui semble avoir reçu, depuis quelque temps, un commencement d'exécution ; la question essentielle, quant à ce plan, c'est de savoir s'il est bon, s'il est praticable, s'il est en même temps le plus simple, et, comme on dit aujourd'hui, le plus rationel.

LES MEMBRES DE LA CHAMBRE DES DÉPUTÉS.

L'Algérie présente en ce moment une grande et difficile question qui préoccupe tous les esprits. On est encore vivement ému, sur tous les points du royaume, des événements déplorables dont elle a été le théâtre, et l'on se demande avec anxiété si les mesures de notre gouvernement seront assez efficaces pour remédier à de tels malheurs et en prévenir le retour. De leur côté, certaines puissances observent la France d'un œil jaloux, cherchent, par des menées souterraines, à lui susciter toutes sortes d'embarras, et se flattent peut-être qu'après avoir sacrifié ses troupes et ses trésors, elle sera forcée d'abandonner sa conquête.

Il n'en sera point ainsi, sans doute. La France tient à conserver un pays pour lequel elle a fait tant de sacrifices généreux dans l'intérêt de la civilisation. Elle le doit, elle en a le pouvoir; sa dignité et sa gloire l'exigent, et rien ne la détournera de ce noble but, où s'offrent pour elle, dans un avenir peu lointain, mille éléments de puissance et de prospérité. Mais comment y parviendra-t-elle? Il est reconnu que le système suivi jusqu'à ce jour a été fort insuffisant, et que les dangers sérieux soulevés par la révolte des tribus de l'ouest, qui peuvent avoir un appui redoutable dans l'empire de Maroc, ne permettent plus de le maintenir. Il faut absolument un nouveau système, dans lequel la force des armes et la sagesse des vues, à la fois politiques et administratives, se combinent habilement, pour obtenir un succès véritable et certain.

Des esprits éminents, parmi nos hommes d'état, nos guerriers, nos administrateurs et nos économistes, ont proposé divers projets, où se trouvent les documents les plus précieux et les observations les plus utiles. Mais tous ces projets, malgré l'incontestable mérite qui les distingue, rencontreront un écueil inévitable, tant qu'une question capitale, dans l'oubli de laquelle ils paraissent conçus, n'aura pas reçu préalablement la solution définitive qui peut seule donner à leur application une solide garantie. Cette question, qui domine impérieusement toutes les autres, est celle de la réduction de l'Algérie à une complète et durable soumission. Il est évident que les avantages attachés aux meilleurs plans ne sauraient être.

assurés sans cet état de choses qu'il importe, avant tout, d'établir sur des bases inébranlables; car il doit être le principe, et non pas, ainsi qu'on l'a cru, la conséquence de la colonisation.

La source de nos revers a été précisément de méconnaître la nécessité de ce point de départ, et de regarder l'occupation de l'Algérie comme celle d'une contrée de l'Europe, sans songer, pour ainsi dire, à la nature de la région africaine et aux mœurs de ses habitants La supériorité des armes françaises a produit son effet nécessaire; notre établissement s'est opéré, et la conquête a paru achevée. Mais la force des institutions l'emporte sur celle des armes; l'antique organisation des peuples barbaresques est le premier boulevard de leur pays. Formés en tribus indépendantes, toujours armés, nomades, impatients de toute autorité, et sans autre chef véritable qu'un fanatisme inflexible et cruel, ces peuples sont constitués de manière à résister à toutes les dispositions accoutumées de la guerre. Leurs habitudes sauvages, leur esprit perfide, leur caractère farouche, ajoutent encore à la difficulté de fonder une colonie stable au milieu d'eux.

C'est en considérant ces obstacles, invincibles jusqu'ici, qu'on doit chercher le moyen de les surmonter. Il existe, et il y a lieu de s'étonner qu'il n'ait pas été aperçu, tant il se présente naturellement à l'esprit de la conquête pour achever son ouvrage et l'affermir. Ce moyen tout-puissant de soumettre l'Algérie et d'en faire une colonie française, c'est le désarmement de ses tribus. Le désarmement peut seul compléter le triomphe et le maintenir. La guerre la plus ardente, les victoires multipliées, ne produiront que des effets précaires; les sacrifices d'hommes et d'argent seront stériles, si le désarmement ne les suit pas, et des désastres pareils à ceux que nous avons à déplorer seront toujours imminents; car il est prouvé par le fait que les tribus qui feignent de nous être soumises feront continuellement cause commune avec les tribus hostiles.

Il suffit d'énoncer cette mesure pour en faire sentir les puissants effets. Une fois qu'elle serait exécutée, la perfidie africaine cesserait d'être à redouter pour les colons et les troupes qui les protégent; les tribus ne se livreraient plus à leurs dévastations habituelles, et seraient forcées de cultiver les terres où elles se trouveraient placées en permanence; la souveraineté de la France reconnue ferait régner une police ferme et prudente; elle établirait sans contrainte tous les règlements nécessaires d'administration, et l'œuvre de la colonisation marcherait de progrès en progrès assurés. Alors une sécurité véritable amènerait des populations entières dans l'Algérie, où le grand but de la civilisation serait facilement atteint, malgré les obstacles d'une barbarie immémoriale; et ce beau pays, régénéré, croîtrait rapidement pour les hautes destinées à l'accomplissement desquelles un dessein providentiel l'a certainement réservé, en le plaçant sous les lois libérales de la France.

L'on objectera contre le désarmement la difficulté de son exécution, et je conviendrai qu'une telle objection peut paraître de quelque poids. Cependant, si le désarmement est seul capable de fonder la colonie, il n'y a plus qu'à chercher les moyens les plus propres à l'opérer. Ces moyens sont entre les mains du gouvernement, et il ne tient qu'à lui d'en disposer. Je n'indiquerai point ici les positions stratégiques qu'il faudra prendre, ni les manœuvres qu'il faudra faire pour l'accomplissement de cette grande entreprise. C'est aux habiles chefs à qui elle sera confiée d'en concerter l'ensemble et les détails sur le terrain même. Mais il est nécessaire d'observer qu'elle doit être exécutée avec autant de prudence que d'énergie, en temps convenable, et successivement. La brusquer, ce serait la compromettre.

Les tribus les moins fortes et placées dans l'intérieur ne sauraient refuser de céder leurs armes, quand on les aura enveloppées dans un réseau de lignes militaires; surtout si elles reçoivent des indemnités largement stipulées, et si elles voient prendre de justes et solides mesures pour les protéger. Quant aux tribus puissantes, la difficulté sera sans doute sérieuse et ne pourra être vaincue que par la force; mais ces tribus sont peu nombreuses. Le déploiement de troupes considérables ébranlera leur résistance, et lorsqu'elles se sentiront impuissantes, elles reconnaîtront que la fatalité, leur idole, les oblige à capituler pour conserver leur territoire. Les plus rebelles, celles qui se réfugieront sur les montagnes stériles de l'Atlas ou dans le désert, se trouvant dans l'impossibilité d'y vivre, de s'y établir, seront forcées à leur tour de venir présenter leur soumission ou de braver les bataillons français, qui ne cesseront point d'être en mesure de les disperser ou de les détruire.

Le grand principe de la colonisation est que nulle tribu armée ne soit tolérée dans l'intérieur de l'Algérie; et l'on vient de voir que son application est indispensable, ainsi que sa puissance infaillible. S'il exige une plus grande réunion de troupes, cette réunion ne sera que momentanée. Il suffit de deux campagnes bien dirigées pour asseoir la souveraineté complète de la France, pour distinguer ses

sujets de ses ennemis, pour assigner aux tribus soumises leur territoire, et rejeter au dehors les tribus révoltées, sauf à les recueillir
plus tard, après leur soumission et leur désarmement.

Cette mesure capitale du désarmement paraîtra sans doute fort
rigoureuse à des peuplades sauvages, qui ne reconnaissent de loi que
la force la plus brutale, et pour lesquelles la décapitation instantanée
est la plus simple mesure de police, au gré de leurs chefs; mais le
désarmement, il faut le redire, peut seul assurer la possession de
l'Algérie, et donner une colonie à la France. C'est ce moyen qui a
formé les nations policées, et qui les maintient sous la règle de leurs
gouvernements; il n'y a pas dans l'histoire de vérité mieux établie
que celle-là. L'Afrique, divisée en tribus indépendantes et armées.
resterait éternellement barbare; la civilisation ne saurait y pénétrer
que sous une autorité régulière, et en substituant une liberté légale
à l'indépendance farouche qui, depuis si longtemps, y entretient
une ignorance grossière avec des mœurs féroces, et en fait le
repaire d'hommes-lions plus terribles que les lions des déserts.
Toutefois, le désarmement peut être adouci et rendu plus facile, en
employant la voie des négociations auprès des tribus agricoles, en
leur faisant comprendre qu'il est dans leurs vrais intérêts, en leur
offrant des garanties et des dédommagements, en accordant aux
chefs divers, aux agents, aux fonctionnaires et à quelques hommes
importants la faculté de porter les armes, car il n'y a que la masse
qui soit dangereuse et qu'il faille désarmer entièrement. Cette
distinction du port d'armes étendue avec prudence, selon les
distinctions en usage chez les Arabes, deviendrait elle-même un
nouveau moyen de force pour l'autorité française; des règlements
de police bien concertés afin de conduire à la civilisation ces tribus
primitives encore malgré leur vétusté, des contributions modérées
et sagement réparties, des encouragements donnés à l'agriculture,
des cadeaux en troupeaux de toute espèce et de belle race, ou en
objets d'industrie offerts comme récompenses aux tribus laborieuses
et fidèles, enfin une foule d'avantages qui résulteraient d'une
administration éclairée, généreuse et paternelle, achèveraient bientôt
l'ouvrage du désarmement, et le feraient bénir des peuplades même
qui s'y seraient soumises avec le plus de répugnance. Le jour où ce
principe civilisateur du monde sera adopté, la colonie renaîtra pour
une longue et florissante destinée; tout autre système fera sa perte,
et ne préparera qu'une ruine à chaque fondation.

Mais l'action de l'armée doit précéder toutes les autres dispositions; il importe, avant tout, de détruire la puissance d'Abd-el-Kader, et de faire éclater toute la supériorité des armes françaises; il importe de montrer aux peuplades ennemies la grandeur d'un champ de bataille où tonnent cent pièces de canon, et d'où s'élancent de nombreux escadrons qui renversent tout sous leurs charges redoutables. Lorsque le déploiement de cette tactique souveraine aura frappé les yeux épouvantés des hordes africaines, lorsqu'elles verront nos troupes maîtresses de toutes les positions importantes, elles ne douteront plus de leur impuissance; la suzeraineté de la France sera fondée, et tous les avantages d'une grande et riche colonie lui seront assurés.

Les préparatifs guerriers du gouvernement répondront sans doute à la grandeur du but qu'ils doivent atteindre; après la triste expérience des malheurs produits par les demi-mesures, pourrait-il hésiter à donner à l'expédition algérienne tout ce que réclame une victoire prompte et infaillible? L'Angleterre offre, à cet égard, un grand et utile exemple : elle n'a rien épargné pour établir sa domination dans les Indes, et elle y règne sur plus de cent millions d'hommes; les populations africaines, il est vrai, sont plus belliqueuses et moins disposées à l'obéissance que les populations asiatiques, mais la faible distance qui nous sépare de l'Afrique favorise contre elle nos opérations militaires.

L'insulte faite à la France par l'ambitieux Abd-el-Kader pouvait être prévue, et elle l'était même, ainsi que l'atteste un passage du rapport de M. le maréchal Valée; mais ne recherchons point si cet événement, résultat funeste et inévitable de la nature des choses, n'a pas dû sa principale gravité à l'insuffisance ou au défaut des mesures nécessaires pour le maîtriser : tout en le déplorant, il faut reconnaître qu'il peut avoir une influence heureuse pour l'avenir de la colonie. Le farouche et imprudent émir a perdu, par sa conduite déloyale et barbare, les droits que nous avions créés pour lui d'une manière si libérale et si impolitique; son odieuse violation de la paix nous fait rentrer dans la possession de toutes les provinces de l'ouest; il n'est plus qu'un simple marabout, un chef de tribu tout au plus; le prestige qui environne maintenant sa puissance va tomber avec elle : réduit à fuir devant nos armes victorieuses, il ne saurait plus inspirer de confiance aux tribus qu'il a soulevées pour la guerre sainte, ou plutôt pour la guerre impie qu'il nous fait, en leur promettant de rejeter les Français dans la mer, et de faire manger l'avoine à ses chevaux sur les autels chrétiens de la colonie; elles se reprocheront avec amertume d'avoir ajouté foi à ses mensonges et à ses impostures ; elles l'accuseront, dans leur désespoir, de tous les maux attachés à leur défaite. Si cet émir dépossédé demandait à traiter de nouveau, il faudrait rejeter sa proposition avec mépris et sans retour ; il faudrait même le priver de l'avantage d'une soumission personnelle, dans le cas où il aurait l'impudeur de s'y résoudre : il importe qu'il soit à jamais proscrit ; il importe que le spectacle de son sort errant et misérable soit offert aux yeux des Arabes, pour leur retracer l'arrêt de la fatalité qui les condamne à se soumettre.

Après avoir rétabli l'ordre et imposé notre domination dans toute l'Algérie, il est une mesure urgente à adopter : c'est la création de frontières défensives pour contenir les ennemis du dehors. La sûreté de la colonie deviendra ainsi ce qu'elle doit-être, entière et immuable ; les désastres éprouvés dans la plaine de la Mitidja ne se renouvelleront plus sur aucun point ; la confiance des colons ne sera plus exposée à être si cruellement trompée ; l'agriculture, l'industrie et le commerce se développeront librement et multiplieront les habitants et les richesses sur ce territoire si dévorant jusqu'ici pour nos hommes et pour nos finances.

L'assiette des frontières doit être faite d'après la nature du terrain, sa salubrité et la direction des routes. On peut s'en rapporter à l'habileté et à l'expérience de nos officiers du génie pour le choix des localités les plus avantageuses, ainsi que pour l'établissement des forts et des camps retranchés armés de canons. Ces camps sont de la plus haute importance : ils deviendront un jour des villes populeuses, comme les camps romains auxquels les principales villes du Rhin ont dû leur origine ; et de cette manière la guerre sera ce qu'elle devrait toujours être, c'est-à-dire fondatrice.

Abd-el-Kader et ses lieutenants se retireront probablement sur l'Atlas ou dans le désert : il ne faut pas les y poursuivre, du moins au delà des limites dont l'occupation sera jugée nécessaire pour nos fortifications. Tout pas de plus serait une imprudence fort périlleuse ; il vaut mieux les attendre et les détruire sur nos frontières, lorsque le besoin des subsistances les forcera à revenir pour enlever les grains cachés dans les silos ou les moissons pendantes. Les tribus qui les auront accompagnés finiront, sous l'aiguillon de la faim, par se séparer d'eux, et par demander à rentrer dans leur pays aux mêmes conditions que les tribus soumises, en reconnaissant l'impuissance de leurs efforts contre une armée véritable.

Cette armée doit avoir soixante-dix mille combattants. Sa supériorité l'exposera à moins de pertes et lui donnera partout la victoire. Il est indispensable qu'elle soit très bien entretenue et très bien soignée, qu'elle ait une grande provision de vivres toujours à l'abri des attaques incessantes auxquelles ils seront exposés, et qu'elle trouve, dans le service soigneusement organisé des campements et des hôpitaux, tous les secours les plus propres à neutraliser les dangereux effets d'un climat qui combat aussi contre elle. Ce serait un tort des plus graves que de calculer parcimonieusement les frais de l'expédition : la France tient beaucoup plus à conserver ses soldats que son or, et toute parcimonie qui s'écarterait de cette intention lui serait vraiment ruineuse. Elle a déjà dépensé plus de 400 millions pour ébaucher à peine la colonie ; qu'elle dépense encore, s'il le faut, le tiers de cette somme, elle fondera ainsi définitivement cette colonie si importante, fera trembler Maroc, Tunis et Tripoli, et renversera à jamais Abd-el-Kader avec tous les autres petits tyrans de son espèce. Il suffit, je le répète, de deux campagnes bien employées pour faire de l'Algérie un état européen, défendu au dehors par une bonne ceinture de forts et de camps retranchés, et protégé au dedans par une forte police armée. Si cet état existait aujourd'hui, quelle assurance ne donnerait-il pas à la politique française dans la question des affaires d'Orient !

Tel est le système que j'ose soumettre aux lumières de MM. les députés, et que je puis développer en réfutant toutes les objections qu'on y ferait. Je ne crains pas d'assurer qu'il répond aux sympathies nationales, qu'il est la fidèle expression de ce sentiment populaire dont les inspirations saisissent toujours avec tant de promptitude et d'intelligence ce qui convient le mieux pour la gloire et pour la prospérité de la patrie ; enfin qu'il est le seul qui permette de fonder en Afrique un grand et solide établissement qui, outre les avantages dont j'ai parlé, en aurait d'autres fort importants pour notre marine, et favoriserait l'écoulement et l'emploi de cette exubérante population de prolétaires sans travail assuré que le malaise pousse à des agitations destructives de l'ordre social. Et qu'on ne pense pas que l'extension de la colonie dans la régence entière fût un surcroît de dépenses et d'affaiblissement pour la métropole ; ce double inconvénient résulterait bien plutôt de l'occupation restreinte telle que nous l'avons maintenant : car la présence des troupes nombreuses qu'elle exige pour protéger nos possessions et empêcher la formation de foyers de résistance, doit nécessairement augmenter les frais d'entretien et diminuer nos forces continentales. L'occupation totale, au contraire, ne demanderait, après le désarmement, que de simples garnisons avec une bonne milice de colons, et elle nous indemniserait largement de nos pertes. Mais, dira-t-on, l'occupation totale ne ferait-elle pas éclater tous les ressentiments de l'envieuse Angleterre? — C'est à nos hommes d'état à répondre à cette question, à décider si la France doit voir comprimer son essor dans les limites de la crainte, lorsqu'elle peut légitimement l'étendre jusqu'au but glorieux de ses intérêts. Pour moi, je me bornerai à répéter ces belles paroles de M. Jouffroy : « Alger est un empire, « un empire en Afrique, un empire sur la Méditerranée, un em- « pire à deux journées de Toulon. Or, quand la Providence fait « tomber un empire entre les mains d'une nation puissante, ou le « cœur de cette nation ne bat plus, et ses destinées sur la terre « sont accomplies, ou elle sent la grandeur du don qui lui est fait, « et le témoigne en le gardant. »

P. M. QUITARD.

31 mars 1840.

LES TROIS MODES D'OCCUPATION.

Voilà déjà dix ans que nous sommes campés en Afrique et que nous y sacrifions nos troupes et nos trésors, et cependant, chose étrange ! les hommes qui dirigent nos affaires en sont encore réduits à chercher un mode d'occupation qui non-seulement n'entraîne pas de plus grands sacrifices, mais ne compromette pas la possession d'une conquête si chèrement achetée. Ils ne savent s'ils doivent se prononcer pour l'occupation restreinte, ou pour l'occupation progressive, ou pour l'occupation générale, graves objets périodiquement discutés dans les chambres, à chaque présentation de ce bilan politique qu'on appelle le budget.

On a demandé quelquefois s'ils ne seraient pas en secret préoccupés d'une pensée d'abandon, et si leur indécision ne proviendrait pas de l'embarras qu'ils éprouvent sous la double influence de la volonté nationale qui leur défend de renoncer à la colonie, et de la politique étrangère qui ne leur permet de la conserver qu'à des conditions onéreuses. Malgré la série décennale des faits qui semblent confirmer de pareils soupçons, je ne veux pas les admettre. J'aime mieux croire que nos ministres sont animés de l'esprit français, et que, s'ils n'adoptent pas un parti bien déterminé, c'est faute d'avoir un système qui soit propre à les rassurer contre les difficultés de tout genre qu'ils ont à redouter, un système qui porte en lui-même la garantie d'un succès véritable et certain.

Celui que j'ai proposé n'est pas nouveau : il a en sa faveur l'expérience des siècles, il a toujours réussi aux conquérants qui l'ont employé, il est le seul qui puisse satisfaire à toutes les exigences de notre position en Afrique, nous donner sur la régence entière, ou du moins sur les provinces du centre et de l'ouest, non pas, comme par le passé, une souveraineté nominale et précaire, mais une souveraineté réelle et durable, asseoir la colonisation sur des bases larges et solides, développer rapidement les avantages d'agriculture, d'industrie, de commerce, de marine et d'administration qu'elle promet, et propager dans une contrée barbare les bienfaits de la civilisation européenne ; il ne réclame pas d'ailleurs des forces beaucoup plus considérables que celles qui composent, en ce moment, l'armée expéditionnaire, et il se concilie mieux que tout autre avec nos besoins d'économie : car c'est un fait très vrai, quelque invraisemblable qu'il paraisse au premier aperçu, qu'en étendant nos possessions nous diminuerons nos dépenses, puisque nous pourrons nous approvisionner sur les lieux d'une manière facile et peu coûteuse, et prendre pour frontière, au sud, le grand Atlas qui, naturellement fortifié, nous dispensera de beaucoup de travaux de fortification. Et ce ne sont pas là les seules considérations d'épargne qu'il y ait à faire valoir : j'en ai présenté déjà d'autres qu'il est superflu de reproduire ici.

Qu'on ne vienne donc pas nous parler d'occupation restreinte, sous le vain prétexte de ménager nos finances. Il est positif que les diverses parties du territoire que nous possédons n'ont pu, jusqu'ici, nous fournir les objets nécessaires de ravitaillement qu'il nous a fallu tirer, à grands frais, de l'Europe ou acheter aux Arabes de l'extérieur à des prix plus élevés que de coutume, lorsqu'ils ont bien voulu nous les vendre, nonobstant les motifs qui les empêchent d'être nos pourvoyeurs. Mais l'occupation restreinte a des inconvénients plus graves encore : elle exige, pour mettre nos propriétés à couvert contre les pillards sans cesse prêts à les infester, une ligne permanente de troupes et de fortifications, ou l'obstacle continu qu'ont proposé tour à tour, avec des modifications diverses, MM. Emile Grand, le général Rogniat et Saint-Hippolyte ; elle soumet la colonie, comprimée entre la mer et les tribus hostiles, à une espèce de blocus ou d'état de siége, et l'expose aux chances funestes d'une guerre acharnée, en laissant à ces tribus le temps et la facilité de se concerter et de concentrer leurs forces sous l'impulsion de quelques chefs ambitieux, de se procurer des pièces d'artillerie et de se liguer avec les puissances barbaresques; ainsi elle peut n'être, en dernière analyse, qu'un abandon différé, c'est-à-dire un abandon après des pertes irréparables d'hommes et d'argent; enfin elle ne garantit pas suffisamment notre honneur national qui réclame la dépossession de l'émir, et qui veut être d'autant moins compromis qu'il est plus sacré; et je ne crois pas qu'envisagée sous ce rapport elle trouve des défenseurs officieux. Si les Romains avaient été dans notre position, et si dans leurs conseils il se fût rencontré un homme assez osé pour leur proposer de s'en tenir à l'occupation restreinte, de réduire l'essor de l'aigle au vol du chapon, cet homme, à coup sûr, eût été lapidé... avec de la boue.

Quant à l'occupation progressive, c'est un joli mot peut-être, un mot qui a produit de l'effet dans la nouveauté, mais qui paraît dénué de sens dans l'état actuel des choses. Et sur quoi se fonderait le progrès? quel moyen y aurait-il d'aller en avant, lorsqu'il faut continuellement faire effort pour ne pas reculer? On se figure, en dépit de l'expérience, que nous obtiendrons de l'ascendant sur l'esprit des Arabes par des relations de bon voisinage, et que nous parviendrons à humaniser ces barbares par des procédés délicats et courtois. En vérité, c'est être aussi simple qu'au bon vieux temps où l'on croyait apprivoiser les loups en les aspergeant d'eau bénite. Du reste, qu'on allègue tout ce qu'on voudra en faveur de l'occupation progressive, il n'échappera à l'attention de personne qu'elle n'est que l'occupation restreinte, plus un futur contingent sur lequel il n'est pas raisonnable de compter, que l'une ne vaut pas mieux que l'autre, et que, des deux parts, ce sont les mêmes obstacles et les mêmes dangers.

Il est donc évident que les intérêts de notre gloire, les progrès de la civilisation, la prospérité et même la conservation de la colonie ne sont compatibles qu'avec l'occupation générale. Nous ne pouvons manquer d'arriver à cette occupation par une résolution vigoureuse. Reste à savoir, et c'est là un point capital, quel est le système qu'il convient de suivre afin de la rendre tout à fait solide et avantageuse. Eh bien! je n'hésite point à dire que ce n'est pas celui qui a été adopté pour la province de Constantine, et je ne crains point qu'on m'accuse d'être sous l'influence d'une prévention injuste. Je reconnais l'utilité qu'il a eue et qu'il peut avoir encore, mais je ne puis me dissimuler qu'il nous impose des charges pé-

nibles qui la diminuent d'une manière assez considérable , car cette
province qu'il a, dit-on, pacifiée , ne nous rapporte pas plus qu'il ne
faut pour payer les burnous d'investiture que nous y donnons à divers cheiks , nous coûte plus de treize millions par an , et reste fer-
mée à la colonisation qui , selon toutes apparences , ne s'y établirait
pas avec quelque extension sans y rallumer les hostilités. Qu'on juge
d'après cela de ce que produirait un tel système , si , méconnaissant
sa valeur purement exceptionnelle et locale , on cherchait à l'appliquer ailleurs sur une vaste échelle.

C'est un principe consacré que *la guerre doit nourrir la guerre*,
que tout pays occupé militairement doit supporter les frais de l'occupation ; et il n'est permis de déroger à ce principe qu'en se mé-
nageant des compensations proportionnées. La bonne politique
n'admet point une générosité gratuite : il faut toujours qu'elle trouve
ses intérêts dans ses libéralités. Cette condition a été observée , j'en
conviens , dans les arrangements faits avec les tribus du beylik de
Constantine , dont la neutralité nous servira beaucoup désormais si
nous avons le bonheur de la maintenir. Mais quel bénéfice retire-
rions-nous des arrangements pris avec les tribus de l'ouest ? Qui ne
voit que cette race brutale et sans foi ne se soumettrait à la paix que
dans l'intention de la violer bientôt après ? Ses intérêts repoussent
et excluent les nôtres , de telle sorte qu'elle ne cesserait pas de
nous être hostile , quand même nous consentirions à ne coloniser
qu'une petite portion du territoire d'Alger : toute colonisation lui
paraît un attentat contre son droit de propriété et un acheminement
vers sa dépossession totale ; elle n'en veut point absolument , et si
elle s'est résignée , pendant trois siècles , à subir le joug des Turcs,
c'est , en grande partie , parce que , sous leur domination , elle n'a
jamais eu à craindre aucune entreprise semblable et n'a jamais vu
diminuer l'étendue des terres vagues que nous lui enlevons et sur la
jouissance desquelles elle a compté , de tout temps , pour les besoins
de sa vie nomade. Cependant il est indispensable pour nous d'établir la colonisation , non pas la colonisation étroite et morcelée dont
l'impuissance est reconnue , mais la colonisation large et consis-
tante qui permet seule à la France de nationaliser à son profit de
nombreuses populations et de recueillir le fruit de tant de sacrifices
consommés. Or, cette colonisation , si antipathique aux indigènes ,
ne sera réellement praticable qu'après qu'ils auront été réduits à
une soumission complète et durable , sans laquelle la sécurité ne
saurait être assez grande , même dans des enceintes fortifiées ; et

celle soumission ne peut être assurée que par le désarmement suivi de toutes les mesures propres à empêcher l'importation de nouvelles armes. Il n'y a pas de meilleur moyen d'étouffer la rébellion, et certes Napoléon n'en eût pas employé d'autre, s'il en fût venu à réaliser le dessein qu'il avait d'ajouter l'Afrique à son vaste empire.

Qu'on examine attentivement dans l'histoire les divers désarmements qui ont eu lieu, depuis celui des Gaulois par les Romains jusqu'à celui des Vendéens par le général Hoche, et l'on reconnaitra que l'exécution en a toujours été moins difficile qu'elle ne paraissait l'être. Le désarmement des Arabes ne présente pas non plus des obstacles aussi effrayants qu'on se l'imagine. Quand on voudra diriger les expéditions vers ce but, on ne manquera pas d'y arriver. La population ennemie, qui ne nous a jamais opposé quarante mille combattants, n'est pas assez nombreuse pour nous en détourner : et qu'on ne prétende pas qu'elle se résoudrait à périr tout entière plutôt qu'à se laisser désarmer. La conduite des Arabes d'Égypte offre un exemple frappant du contraire. On sait que, peu de temps après le massacre des Mameluks, ils furent obligés de livrer leurs chevaux et leurs armes au pacha, qui ne leur permit d'avoir que des ânes et des bâtons non ferrés. Les Arabes de l'ouest de la régence céderaient également à la nécessité. C'est en vain qu'ils chercheraient à braver notre stratégie dans leurs montagnes et à se soustraire à la loi qu'il nous plairait de leur imposer, si nous occupions Médéah, Miliana, Mascara, Tlemcen, avec deux ou trois autres positions qui compléteraient avantageusement le nombre de celles d'où notre puissance peut le mieux rayonner sur toute la contrée, et si nous faisions partir à la fois des provinces d'Alger et d'Oran des colonnes mobiles qui convergeraient vers un point central, tandis que d'autres colonnes, par une marche transversale, viendraient les ravitailler, en battant le pays. De telles opérations bien concertées acculeraient infailliblement Abd-el-Kader au pied du grand Atlas, où il tenterait une résistance inutile, et ses partisans découragés ne tarderaient pas à se détacher de lui, à nous le livrer peut-être, afin de ne pas voir détruire leurs moissons et leurs gourbis, et de racheter les femmes, les enfants et les marabouts que nous leur aurions enlevés dans nos courses et dans nos razzias (1). Alors le désarmement s'effectuerait

(1) Incendier les moissons de l'ennemi pour l'obliger à se soumettre est un moyen dont l'histoire offre plusieurs exemples, et quoiqu'il ait quelque chose qui répugne à la civilisation de notre temps, il peut être autorisé

sans beaucoup de peine de la manière que j'ai indiquée, et il serait
reçu comme un acte émané du ciel même, conformément à cette
maxime citée par des commentateurs autorisés du Coran, qu'*il faut
se soumettre à toute puissance qui a la force pour elle, attendu
que la véritable manifestation de la volonté de Dieu sur la terre,
c'est la force.*

Mais supposons que cette mesure exigeât les plus grands efforts,
ce ne serait point une raison de ne pas l'adopter. Les avantages im-
menses qui y sont attachés ne permettent pas de la négliger; et tôt
ou tard on sera contraint d'y recourir si l'on veut garder l'Algérie.
Laisser les armes aux Arabes quand on a le pouvoir de les leur ôter,
est un fait si contraire au sens commun qu'il passera plutôt pour une
trahison que pour une impéritie. En effet, ne semble-t-il pas qu'on
ait résolu de sacrifier la colonie, en l'exposant ainsi aux nouvelles
attaques de ses ennemis qui ne manqueront pas de se précipiter sur
elle toutes les fois que l'occasion leur en paraîtra favorable? Comment leur résistera-t-elle dans le cas d'une rupture avec l'Angleterre,
dont les escadres peuvent nous empêcher d'y envoyer des ravitaille-
ments et des troupes, en dominant la Méditerranée, comme elles
le fesaient du temps de l'empire, par l'occupation si importante
des Baléares, où elles voudraient déjà stationner? Dans le cas contraire, où trouvera-t-elle toute la sécurité qui lui est nécessaire?
Croit-on de bonne foi qu'elle n'ait plus rien craindre, en se rapetis-
sant et se rencognant derrière l'obstacle continu qu'on établirait
autour de la Mitidja? Cette clôture hybride de murs, de fossés et
de canaux, trop faible contre une armée, ne restera pas infranchis-
sable à des pillards aussi hardis que les Kabiles. D'ailleurs, pourra-
t-elle être faite avec autant de promptitude que le demandent les
besoins de la colonisation, qui se mourra de langueur à l'attendre?
Assurément elle ne sera pas terminée dans deux années, en admet-
tant, ce qui n'est guère admissible, qu'elle n'éprouvera point d'in-
terruption par suite des agressions des tribus hostiles, et par suite
des maladies qui atteindront les travailleurs dans les localités mal-

---

par les terribles nécessités de la guerre. D'ailleurs, en l'employant aujourd'hui contre les Arabes, on ne ferait qu'user du droit de représailles.
M. le général Bugeaud, qui, le premier, a menacé de les traiter de la
sorte, exécutera sans doute sa menace cette fois; et sa conduite sera ap-
prouvée comme l'a été celle de M. le maréchal Vallée dans sa dernière
expédition.
(25 avril 1841.)

saines, et même dans les autres localités; car il n'est guère possible de creuser la terre à une certaine profondeur, surtout en Algérie, sans qu'il s'en dégage des exhalaisons morbifiques. Si l'on prend nos soldats pour ouvriers, il en périra beaucoup; si l'on y emploie les forçats, comme le conseillent quelques personnes, on les verra déserter par bandes (1). Ce n'est pas tout: il en coûtera des sommes énormes auxquelles viendront s'ajouter des frais d'entretien continuels. Et quelles compensations aura-t-on pour cette dépense tout à fait provisoire, qu'un meilleur système permettrait d'épargner? Le principal résultat qu'on s'en promet, celui d'une réunion compacte de colons dans l'enceinte de la Mitidja, ne sera jamais tel qu'on le suppose. On exagère étrangement quand on dit que leur nombre peut s'élever bientôt jusqu'à 500,000. Le général Rogniat, quoiqu'il exagère aussi, n'en compte que 1,777 par lieue carrée, en tout 160,000; ce qui équivaut à une population presque double de la population moyenne de la France, sur une égale surface. Mais ceux qui connaissent la localité assurent qu'elle ne peut recevoir plus de 500 à 600 habitants par lieue carrée, et que le chiffre du général Rogniat doit être réduit des deux tiers (2). Ainsi les travaux projetés n'auraient qu'une médiocre importance pour la sûreté et l'augmentation de la colonie. Ils ne seraient véritablement utiles qu'autant qu'ils assainiraient certaines parties marécageuses du territoire, et c'est à cela qu'il faudrait les borner, si l'on venait à les exécuter.

Il ne suffit pas de s'abriter contre les Arabes sur un petit point de l'Algérie. Il est essentiel, il est urgent d'en finir avec ces barbares par un coup décisif qui les mette dans l'impuissance de renouveler désormais leurs dépradations et leurs hostilités. Les lenteurs et les demi-mesures ne feraient qu'aggraver les difficultés de la position. La guerre est trop dispendieuse et trop meurtrière, et l'on ne sau-

---

(1) On a parlé depuis d'y employer les réfugiés espagnols; mais y consentiraient-ils? Et, s'ils y consentaient, ne serait-il pas à craindre qu'ils passassent à l'ennemi ? (25 avril 1841.)

(2) M. Leblanc de Prébois, appréciateur plus exact, a démontré qu'en Afrique on n'égalera pas la population moyenne de la France avant d'avoir favorisé la multiplication des forêts, et que les eaux y sont trop rares pour que, dans les circonstances présentes, on puisse la peupler à raison de plus de 600 habitants par lieue carrée. Voyez son intéressant ouvrage intitulé : *Conditions essentielles du progrès en Algérie*, pages 26 et 27.
(25 avril 1841.)

rait en justifier la prolongation en alléguant que l'Afrique est une école éminemment propre à former nos jeunes soldats ; car une telle justification trahirait une pensée inhumaine ou tout au moins irréfléchie. Que notre armée s'aguerrisse au milieu des fatigues et des dangers, c'est un fait dont personne ne doute, et par conséquent inutile à rappeler. Mais ce fait peut-il être admis pour compensation des privations, des maladies et des pertes continuelles qu'elle éprouve dans des expéditions sans résultat définitif? Non ; l'apprentissage militaire n'est rien en comparaison de tant de sacrifices, et la gloire qui l'accompagne n'est qu'un faible dédommagement. Et qu'importent à la France ces brillants succès de bulletin qui en demandent toujours d'autres et ne sont vraiment que des pompes funèbres? Elle a besoin d'une victoire complète, après laquelle rien ne puisse plus s'opposer à ses projets. N'est-il pas temps enfin que la colonisation se développe avec sécurité dans l'Algérie, et que ce pays cesse d'être un gouffre pour nos finances et un cimetière pour nos guerriers ?

(6 avril 1840.)

Je veux revenir sur les mêmes idées, dans l'espérance qu'on leur accordera peut-être un peu plus d'attention, en les voyant reproduites sous plusieurs formes.

La colonisation ne peut s'établir que dans le cas où les colons jouiront de la sécurité la plus complète. Or, cette sécurité ne saurait exister pour eux tant qu'ils verront les Arabes armés, car ils n'oublieront jamais qu'un corps de vingt-trois mille hommes répandu sur le petit territoire d'Alger, dans des camps et des postes retranchés, s'est trouvé insuffisant pour prévenir les sanglantes dévastations dont ils ont été les victimes.

Supposons qu'on pût augmenter du double nos forces et nos dépenses en Afrique pendant cinq ou six ans, y organiser des colonies militaires, ou y former des tribus du Maqrzen (1),

---

(1) Le Maqrzen, qui aurait pu s'établir dès le principe, serait maintetenant presque impossible à former, à moins qu'il ne se composât de quelques tribus de l'Est, qui consentiraient à concourir avec nous au châtiment des tribus de l'Ouest, et à fixer leur résidence dans cette région , ce

comme les Turcs : tous ces moyens n'atteindraient qu'imparfaitement le but véritable. Tant que les Arabes entreverront la possibilité de combattre et d'être soutenus par les puissances barbaresques, ils ne nous offriront qu'une soumission feinte ; leur rapacité sera sans cesse excitée par la vue des richesses des colons, ils ne seront animés que du désir d'en faire leur proie, et les intérêts opposés de la barbarie et de la civilisation finiront, après une trêve trompeuse, par lutter encore dans des flots de sang.

Si l'on veut donc assurer la colonisation et la faire marcher rapidement afin qu'elle se suffise à elle-même, il faut de deux choses l'une : ou exterminer les tribus hostiles, ou les désarmer. Le premier moyen est horrible et ne convient qu'à des vainqueurs pareils à ces sauvages qui se glorifiaient d'avoir mangé cent nations ; le second est humain et conforme aux intentions libérales de la France ; il doit *mettre les vaincus sous un meilleur génie*, suivant l'expression de Montesquieu, et policer infailliblement leurs mœurs brutales, en faisant cesser la farouche indépendance qui en est la principale cause. C'est une mesure tout à fait civilisatrice, et les résultats qu'elle promet ne peuvent manquer d'être aussi prompts que certains.

On objecterait à tort que les Romains, habitués à recourir à cette mesure, ne sont parvenus à coloniser l'Afrique qu'après beaucoup d'efforts et d'années. Les Romains, sur ce territoire, étaient moins forts que nous : ils avaient à lutter contre des troupes mieux organisées et contre des populations plus nombreuses ; ils se servaient d'armes moins supérieures que les nôtres à celles de l'ennemi, et l'usage où ils étaient de faire esclaves les captifs, selon le droit des gens de l'antiquité, accroissait nécessairement l'énergie de la résistance, car il y a dans le cœur des guerriers un noble sentiment qui leur crie qu'il vaut mieux mourir en combattant que de se laisser

---

qu'on ne saurait raisonnablement espérer. Quant aux colonies militaires, elles ne paraissent pas susceptibles de recevoir une extension considérable. Où trouver un nombre suffisant de colons qui voulussent jouer le double rôle de soldats et d'agriculteurs, obligés incessamment de tenir le fusil d'une main et la pioche de l'autre ? Du reste, le Maqrzen et les colonies militaires ne sauraient jamais suppléer au désarmement, unique mesure qui soit propre à faire affluer les habitants dans l'Algérie en leur donnant toute la sécurité dont ils ont besoin.   (25 avril 1841.)

réduire en esclavage; et l'histoire nous apprend que l'héroïsme de Sagonte a été commun à d'autres cités.

Le fanatisme religieux, il est vrai, n'existait pas contre les Romains qui adoptaient volontiers les dieux étrangers. Toutefois le fanatisme ne nous oppose point un obstacle insurmontable. Les rapprochements opérés entre les chrétiens et les musulmans depuis les croisades l'ont considérablement amorti, et les Arabes qui ont éprouvé notre tolérance peuvent être facilement rassurés sur le libre exercice de leur culte, si l'on prend soin de gagner à prix d'argent les marabouts pour qui l'islamisme est comme une règle de plomb qu'ils font fléchir au gré de leurs intérêts.

Mais, dira-t-on, il ne suffit pas d'enlever les armes aux Arabes, il faut encore les priver des moyens de s'en procurer de nouvelles. Or, comment y parvenir? Cette question n'est pas difficile à résoudre : c'est en créant une police active et en établissant une bonne ligne de frontières défensives, principalement du coté du Maroc, car voilà le point qu'il importe de surveiller et de faire occuper par des colons organisés militairement. Ces colons doivent être choisis parmi nos anciens soldats. Ceux qu'on placera dans les autres parties de la régence n'ont pas besoin d'être militaires; il faut pourtant qu'ils soient Français, en très grande majorité. Toutes les colonies tendant à se séparer de leurs métropoles, les étrangers admis en grand nombre dans la nôtre précipiteraient infailliblement cette tendance. L'Algérie a déjà trop de ces étrangers qui sont aussi intraitables que les Arabes, et qui font beaucoup plus de mal qu'eux à nos troupes par les mauvaises denrées et les mauvaises boissons qu'ils leurs vendent. Mais revenons à la grande mesure du désarmement. Les principaux obstacles que nous aurons à vaincre pour l'exécuter ne proviendront pas tant de la résistance de l'ennemi que des besoins que nous éprouverons dans des localités sans ressources pour nous. Si toutes nos expéditions jusqu'à ce jour n'ont eu que des résultats incomplets, si elles n'ont été, à proprement parler, que des promenades militaires, c'est que l'insuffisance des moyens employés n'a jamais permis d'en poursuivre le succès aussi longtemps qu'il l'aurait fallu. Cette insuffisance s'est rencontrée constamment dans les soins exigés pour la nourriture et pour la santé des soldats en campagne (1); il faut

---

(1) Ce que je dis ici ne doit s'appliquer qu'aux expéditions faites avant le mois d'avril 1840, époque à laquelle les articles que je publie ont été écrits, ainsi que plusieurs autres que j'ai consacrés à l'administration et à la colonisation de l'Algérie, et que je publierai peut-être bientôt. (25 avril 1841.)

croire que notre gouvernement, si souvent averti des suites fâcheuses d'une telle faute, fera tout cette fois pour en prévenir le renouvellement. Tout système de guerre est frappé d'impuissance quand les précautions hygiéniques sont négligées et que les vivres ne sont pas assez abondants. Celui que j'indique serait impraticable si l'on n'approvisionnait comme il faut les places occupées par nos troupes et destinées à servir de bases aux opérations.

Il serait bon qu'on ne choisît pour l'expédition que des soldats endurcis à la fatigue, et pris autant que possible parmi les méridionaux. Le général Bernard, ministre de la guerre, n'admettait ordinairement dans les régiments destinés à l'Algérie que des hommes qui avaient au moins quinze mois de présence au drapeau. Son successeur du 12 mai aurait dû l'imiter sur ce point, et ne pas permettre qu'on embarquât, comme on l'a fait au commencement de décembre 1839, des conscrits qui n'étaient arrivés au dépôt que depuis trois mois au plus. On comprend que des recrues de cette espèce laissent beaucoup à désirer, et qu'il faut bien des soins pour les préserver des maladies qui les menacent dans un climat brûlant et insalubre. Ces maladies ont été jusqu'ici plus meurtrières que la guerre, et le chiffre de la mortalité qu'elles ont causée comprend déjà plus de soixante mille victimes (1). Je parle d'après des documents certains que j'ai recueillis sur ce sujet; et pour qu'on ne pense pas que j'énonce un fait sans en pouvoir donner des preuves, je vais relater ici le nombre des décès éprouvés pendant trois ans par des régiments qui ont fait partie de la garnison de Bone.

Le 55ᵉ de ligne, arrivé dans cette ville en mai 1832, a perdu *dix-sept cents hommes* dans l'espace de dix-huit mois.

Un bataillon du 4ᵉ de ligne, arrivé à la même époque, et fort de sept cent cinquante hommes, en a perdu *trois cents* en cinq mois.

Le 59ᵉ de ligne, qui a relevé le 55ᵉ, a perdu juste deux tiers de ses soldats, avec dix-sept officiers.

---

(1) Ajoutez-y les quinze ou dix-sept mille qui ont péri depuis la dernière expédition, sans doute parce que cette expédition a été prolongée au milieu des grandes chaleurs, et jugez quelles peuvent être les conséquences d'un système qui consiste à guerroyer périodiquement contre les Arabes, au lieu de prendre des mesures vigoureuses pour les désarmer ou les expulser.　　　　　　　　　　　(25 avril 1841.)

Un bataillon de la légion étrangère, qui était placé au blockaus de la Fontaine, n'a pas conservé un seul homme.

Le compte que je présente est rigoureusement exact, et il me serait possible de dire, en descendant à des détails circonstanciés, que chaque compagnie des régiments cités a eu tant de morts, comme je dirai, par exemple, que la première du premier bataillon du 4ᵉ en a eu *vingt-deux*, y compris le sergent-major et la cantinière. Cette compagnie était sous les ordres de ce brave capitaine Galmand qui a été tué, il y a peu de temps, à Blidah, avec deux cents hommes du 24ᵉ léger, où il était passé chef de bataillon.

Il est positif que toutes ces pertes, faites à Bone, sont venues uniquement des maladies, et qu'elles auraient pu être évitées en grande partie si, au lieu de laisser les troupes dans les endroits malsains où elles étaient placées, on les eût mises ailleurs, comme on a eu le bon esprit de le faire depuis. On ne persuadera jamais à personne qu'une mesure si simple et si naturelle exigeât trois ans d'attente. Mais c'est une fatalité attachée à notre administration, d'être aussi lente pour faire des changements nécessaires qu'elle est prompte pour faire des changements inutiles.

..... Encore un mot sur le plan que je propose. Je crois qu'il ne peut manquer de réussir, si l'exécution en est confiée à un chef habile et prudent qui saurait le modifier et l'améliorer au besoin. Il n'y a pas d'entreprise si périlleuse qui ne ne s'accomplisse heureusement quand les moyens qu'elle exige ont été bien préparés et bien combinés, et le succès n'échappe jamais à qui a tout fait pour l'obtenir. Que nos ministres adoptent ce plan, qu'ils en fassent leur propre ouvrage, qu'ils en recueillent toute la gloire, s'il y en a, je ne revendiquerai le mérite d'en avoir le premier donné l'idée que dans le cas où ils persisteraient dans un faux système de temporisation et de tâtonnements. Mais je ne puis soupçonner que des hommes appelés au pouvoir par l'opinion publique se montrent infidèles à cette opinion qui leur demande une solution prompte et définitive de la question algérienne. Leur intérêt et leur honneur leur commandent de la satisfaire. Voudraient-ils qu'elle les accusât de n'oser se soustraire à l'influence de l'étranger, de ne protester de leur indépendance et de leur patriotisme que pour déguiser des sentiments contraires, et de ne chercher, comme on dit, qu'à *couvrir leur diable du plus bel ange?* (10 avril 1840.)

FIN.

Milton Keynes UK
Ingram Content Group UK Ltd.
UKHW010635140324
439439UK00007B/935